BIBLIOTHÈQUE DE MES PETITS ENFANTS

LA POUPÉE DU PETIT NOËL

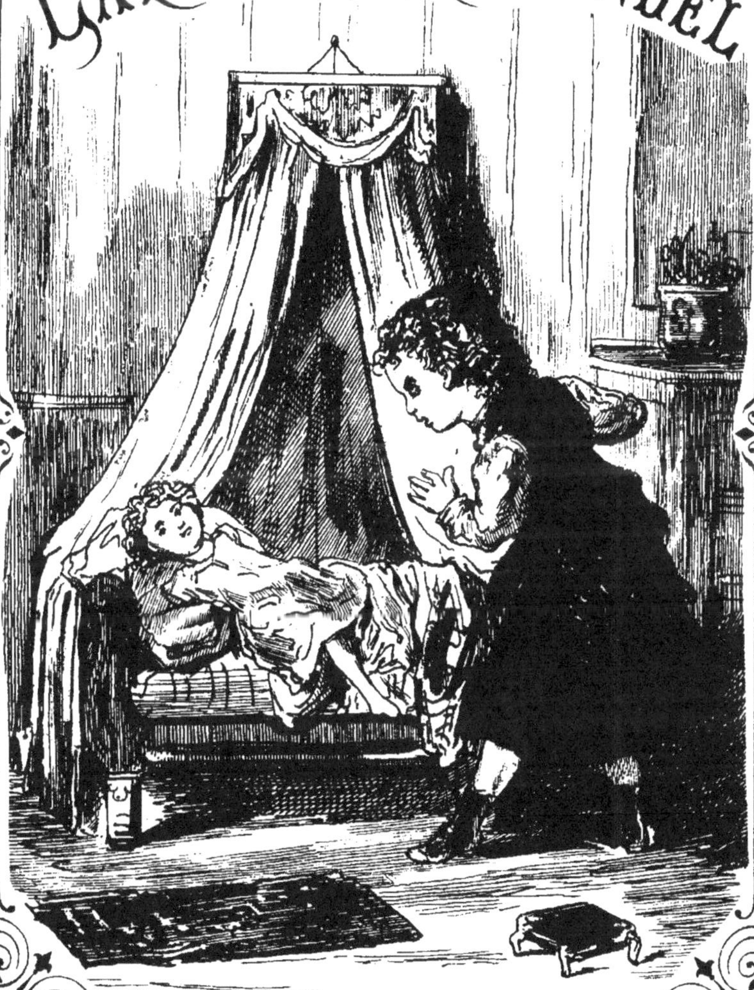

BERNARDIN-BÉCHET, ÉDIT. QUAI DES AUGUSTINS, 31.

LA POUPÉE

DU

PETIT NOËL

PAR

** DES TILLEULS**

ILLUSTRATIONS DE TELORY

PARIS

BERNARDIN-BÉCHET, LIBRAIRE-ÉDITEUR

51, QUAI DES GRANDS-AUGUSTINS, 51

Imp. Becquet, Paris. p v.

LA POUPÉE DU PETIT NOËL

— Noël ! Noël ! c'est demain Noël ! c'est demain que le petit Jésus apporte des jouets aux enfants sages et des verges à ceux qui ne le sont pas ; allons bien vite mettre nos souliers sous la cheminée, dit Louise à son frère Jules.

— Oui, répliqua ce dernier, courons chercher nos souliers du dimanche ; moi, je mettrai dedans une grosse botte de foin pour l'âne de Bethléem.

— Et moi, je poserai auprès des miens un grand bol plein d'eau fraîche. Et le frère et la sœur, quoiqu'il ne fût encore que trois heures de l'après-midi, étalèrent sur le foyer de la cheminée une belle feuille de papier blanc et y déposèrent leurs souliers bien propres et bien luisants.

Le frère et la sœur déposèrent sous la cheminée leurs souliers
bien propres et bien luisants.

Le lendemain le jour éclairait à peine que le frère et la sœur, sautant hors de leur couchette, couraient à la cheminée.

— Oh! le beau tambour! la jolie trompette! le gros morceau de pain d'épice! s'écria le petit garçon en sautillant de plaisir.

— Une grande poupée et son ménage? des fruits et des gâteaux! merci, bon petit Jésus, disait Louise en même temps.

La maman, aussi heureuse que ses enfants et souriant à leur joie, fit remarquer à Louise un papier écrit gisant au fond de son soulier; la petite fille, qui ne savait pas encore ses lettres, pria sa maman de lui lire cette écriture.

Alors, la maman lut ces mots d'une voix grave et sérieuse :

« Je souffrirai des fautes de ma petite maîtresse. »

Le beau tambour! la jolie poupée! merci, bon petit Jésus,
s'écrièrent les deux enfants.

Les deux enfants emportèrent triomphalement leurs cadeaux et s'en amusèrent durant toute la journée.

Louise, avec la permission de sa maman, invita ses petites amies à lui faire l'honneur d'assister au baptême de la poupée. Cette dernière, après mûre délibération, reçut le nom de Toute-Belle ; Jules en fut naturellement le parrain et Constance, sa cousine, la marraine.

La cérémonie terminée, le frère et la sœur apportèrent sur la table toutes les friandises qu'ils avaient reçues du petit Noël et les enfants firent la dinette ensemble.

Pendant le repas, il fut longuement question du billet mystérieux ; chacun donna son avis, mais personne ne put expliquer le sens un peu obscur de cet écrit.

La cérémonie terminée, Jules et Louise apportèrent toutes
les friandises qu'ils avaient reçues.

Après les jours de fête, il fallut songer aux choses sérieuses, et Louise s'occupa de l'éducation de sa poupée.

Toute-Belle ne demandait pas mieux et paraissait fort intelligente, ce n'était certainement pas une poupée ordinaire : elle disait déjà « papa, maman, » remuait la tête, ouvrait et fermait les yeux ; ses bras et ses jambes étaient parfaitement articulés, elle se mouvait avec aisance et se tenait debout toute seule.

— Allons, ma Toute-Belle, donnez la main à votre petite maman et faisons un tour de promenade. C'est très-bien, vous marchez avec beaucoup de grâce et vous semblez très-obéissante ; maintenant, faites la révérence : c'est parfait. Embrassez votre petite maman, elle fera certainement quelque chose de vous.

Allons, ma Toute-Belle, donnez la main à votre petite maman et venez faire un tour de promenade.

Si l'éducation de Toute-Belle faisait de grands progrès, il n'en était pas de même de sa petite maman.

Louise était certes bien gentille, mais il lui arrivait de commettre des choses répréhensibles.

Ainsi, elle était un peu gourmande, et plus d'une fois on la surprit léchant le dessus de sa tartine et jetant le pain dans les ordures.

Elle avait bien promis qu'elle ne le ferait plus, et justement ce jour-là, revenant du square avec sa bonne, Louise avait profité du moment où la domestique regardait d'un autre côté, pour jeter son pain dans l'égout.

Lorsque, arrivée à la maison, sa maman lui demanda si elle avait mangé tout son pain, Louise, craignant d'être grondée, eut le malheur de répondre oui.

Pendant que la domestique regardait d'un autre côté,
Louise jeta sa tartine dans l'égout.

Quand on a fait une petite faute et qu'on cherche à la dissimuler on en commet tout de suite une grosse en devenant menteur; ce qui est horrible.

Louise était dans ce cas. Elle pensait que son mensonge la mettrait à l'abri de toute punition, certaine de n'avoir pas été vue; comme si les enfants n'étaient pas toujours sous le regard de Dieu. La petite fille, après avoir ôté son chapeau et son manteau, courut bien vite à sa poupée.

Quelle ne fut pas sa douleur, lorsqu'elle vit sa chère Toute-Belle privée d'un bras!

— Maman, maman, s'écria Louise en sanglotant, Toute-Belle est manchote.

— Est-ce possible! répondit la maman. Ah! ma fille, vous devez avoir un gros péché sur la conscience.

Maman ! maman ! s'écria Louise en sanglotant, ma pauvre
Toute-Belle est manchote !

Les paroles mystérieuses du billet étaient expli-
quées et venaient de recevoir leur application :
la pauvre Toute-Belle devait pâtir des fautes de
Louise.

La petite fille inconsolable demanda pardon à
sa poupée, et lui promit de ne jamais plus être
ni friande ni menteuse.

Toute-Belle ne répondit rien ; elle pardonnait,
sans doute, à sa cruelle maîtresse, seulement elle
avait l'air bien triste de se voir ainsi mutilée.

« Comment lui remplacer son bras, » se demanda
Louise ? et aussitôt les amies furent appelées en
consultation. Jules, d'un air important, tâta le
pouls de la victime et déclara le mal incurable.

Louise, désolée, ne dormit pas de la nuit et
pria le bon Dieu de guérir sa bien-aimée Toute-
Belle.

Monsieur Jules consulté, tàta le pouls de la victime et
déclara la maladie incurable.

Louise, oubliant que la curiosité est un péché, regarda par le trou de la serrure.

Quand on a péché, on fait bien de se repentir, mais on fait encore mieux en ne péchant pas ; de cette façon on s'évite bien des peines et l'on ne cause aucun chagrin à ses parents.

Louise, en s'éveillant, courut à sa poupée. Hélas ! elle était toujours infirme.

La petite fille se promit de mieux s'observer à l'avenir, afin de ne point causer de nouveaux malheurs à Toute-Belle.

Durant une grande semaine, Louise fut d'une sagesse exemplaire, et la poupée parut satisfaite des efforts de sa petite maîtresse.

Mais un jour que sa maman s'entretenait avec une belle dame venue en élégant équipage, Louise, oubliant que la curiosité est chose méprisable, écouta à la porte et regarda par le trou de la serrure.

La présence de cette poupée sans bras causa une profonde
émotion dans le petit monde.

Personne n'avait surpris Louise en flagrant délit de curiosité, et pourtant le lendemain la petite fille trouva Toute-Belle privée de ses deux bras.

Cette nouvelle catastrophe provoqua les larmes de l'enfant et son courage aussi.

A l'instant même, elle courut se jeter dans le giron de sa maman et lui confessa tous ses torts.

La maman lui dit avec douceur :

— Puisque le sort de Toute-Belle dépend de ta conduite, pourquoi ne te corriges-tu pas ?

Sur l'invitation de sa maman, Louise emmena Toute-Belle à la promenade.

La présence de cette jolie poupée sans bras causa une profonde émotion dans le petit monde du jardin, et Louise interrogée par ses camarades dut raconter l'histoire de l'infirme.

Louise, s'abandonnant à la colère, trépigna, poussa des cris affreux et battit sa bonne.

Quinze jours s'écoulèrent sans amener de nouvel accident. Chaque matin, Louise regardait si les bras de sa poupée n'étaient point repoussés, car une dame âgée lui avait dit que Toute-Belle serait guérie le jour où sa maîtresse serait irréprochable.

Louise donc s'observait de son mieux, mais les bras ne repoussaient pas. Sur ces entrefaites, la petite fille ayant demandé de l'eau à Catherine d'un ton assez arrogant, la domestique refusa de lui obéir. Louise, s'oubliant, trépigna de colère, poussa des cris affreux et battit sa bonne.

La maman accourut et dit avec tristesse :

— Malheureuse enfant, tu ne penses donc plus à Toute-Belle?

En entendant ces mots, Louise pâlit et se précipita vers le berceau de sa poupée. Hélas ! la pauvre Toute-Belle n'avait plus qu'une jambe !

La petite fille, radieuse, appela sa maman, son frère et
Catherine, et leur montra Toute-Belle.

Louise, désespérée, demanda pardon à Catherine et devint si gentille que pendant un mois on n'eut rien à lui reprocher. Cependant elle n'était point encore tout à fait parfaite; ainsi, par exemple, on la surprenait quelquefois s'essuyant les mains après sa robe où se mouchant dans son tablier blanc. Ces défauts, paraît-il, étaient cachés par les autres plus gros, car jusqu'alors on ne les avait pas trop remarqués.

Malgré ces imperfections, la petite fille un jour aperçut des tronçons de bras et de jambes à sa poupée; on n'en pouvait douter, les membres repoussaient à Toute-Belle. Louise, radieuse, appela sa maman, son frère Jules et Catherine, et leur montra ce prodige.

Tout le monde fut heureux de cette découverte et la maman félicita sa fille.

Le malheureux porteur d'eau trébucha contre la raquette
et roula en bas de l'escalier.

Comme la maman avait dit à sa fille que son manque d'ordre pouvait avoir des conséquences fâcheuses, Louise rangea son armoire, releva ses jouets qui trainaient un peu partout, évita de toucher aux ustensiles de cuisine et se gara de toute souillure.

Cela dura bien trois jours, malheureusement, Louise n'avait pas l'habitude de l'ordre, et ces petits soins finirent par l'ennuyer si fort qu'elle laissa tout trainer comme auparavant ; cette négligence lui devint fatale ainsi que l'avait prévu sa maman.

Un matin, la petite fille oublia sa raquette sur le palier ; le porteur d'eau posa le pied dessus, l'objet glissa et le pauvre homme roula du haut en bas de l'escalier avec ses seaux pleins d'eau.

La petite fille répandit des larmes bien amères et déplora
le sort de la victime.

Tous les habitants du carré vinrent porter secours au malheureux Auvergnat. On lui fit respirer des sels et bientôt il reprit connaissance ; Louise, qui s'était mêlée aux autres personnes, regardait cette scène avec tristesse.

Mais, quelle ne fut pas son épouvante lorsqu'elle apprit que l'accident avait été causé par sa négligence ; d'un bond, elle se précipita vers sa poupée.

Hélas ! trois fois hélas ! non-seulement Toute-Belle était privée de ses tronçons de membres, mais elle avait encore perdu sa dernière jambe.

La petite fille répandit des larmes bien amères et déplora le sort de la victime. Jules, témoin de sa douleur, lui fit observer qu'elle devait plutôt s'affliger du malheur de l'Auvergnat que de celui de Toute-Belle.

Regarde ce qu'est devenue ta chère Toute-Belle, lui dit sa
maman avec tristesse.

Ainsi qu'on l'a toujours remarqué, une faute en amène toujours plusieurs autres à la suite.

Louise, encore sous le coup du chagrin, ne put réprimer sa mauvaise humeur en entendant les reproches de son frère.

Elle lui répondit d'une manière désobligeante, le qualifia de méchant garçon et le chassa de sa présence en le menaçant du poing.

— Louise! Louise, tu commets faute sur faute ; regarde ce qu'est devenue Toute-Belle, lui dit sa mère en lui présentant la poupée?

La petite fille poussa un cri déchirant.

Sa poupée avait perdu la tête, et de la brillante Toute-Belle il ne restait plus que le tronc!!!

Louise fut si vivement affectée de ce malheur, qu'elle en devint malade et fut obligée de se mettre au lit.

Quelle ne fut pas son émotion lorsque, s'éveillant, elle vit
Toute-Belle qui lui tendait les bras !

La maladie de Louise fut de courte durée. Comme sa maman lui avait assuré que Toute-Belle pouvait renaître à la vie et que ce miracle ne dépendait que de sa conduite à venir, la petite fille jura que ce miracle s'accomplirait. A partir de ce jour, Louise obéit à sa maman avec une extrème docilité, se montra patiente et douce avec son frère et très-polie envers la domestique.

Les mois s'écoulèrent et la conduite de l'enfant ne se démentit point.

Un matin, quelle ne fut pas son émotion, lorsqu'en s'éveillant elle vit à ses côtés sa Toute-Belle chérie qui lui tendait les bras ! ! !

Aujourd'hui, Toute-Belle est la plus jolie de toutes les poupées, comme Louise est la plus accomplie de toutes les petites filles.

En vente à la même Librairie

M^R & MME CROQUEMITAINE.

LA POUPÉE DU PETIT NOËL.

LA JOURNÉE DE MARGUERITE.

LE FILS DE POLICHINELLE.

LE PETIT CHAPERON ROUGE.

LES MÉSAVENTURES D'UN PETIT GOURMAND.

M^{ELLE} CAQUET BON BEC.

LES MARIONNETTES DE SÉRAPHIN.

LA PRINCESSE AUX VIOLETTES.

LE CHIEN DU PÈRE LUSTUCRU.

ALPHABET DES BÉBÉS.

LE PETIT POUCET.

Cette Collection se continue.

Imp. Becquet Paris.